AF231634

ALPHONSE

OU

LE PRINCE INCONNU,

TRAGICOMEDIE LATINE

SERA REPRESENTE'E

PAR

LES RHETORICIENS

DU COLLEGE

DE LOUIS LE GRAND

Le Mardy onziéme Fevrier 1738, à trois heures précises après midy.

A PARIS,

Chez C. C. THIBOUST, Place de Cambray, à la Renommée.

M. DCC. XXXVIII.

SUJET

DE LA TRAGICOMEDIE.

ALPHONSE V. Roy de Naples & d'Arragon, s'étant embarqué dans un de ses Ports, pour aller en personne épouser une Princesse d'Espagne, est jetté par la tempête vers la rade d'un autre Port du Royaume de Naples. Comme avant son départ il s'étoit vêtu à l'Espagnole avec les gens de sa suite, afin de se rendre plus agréable à la Princesse, & à la Cour de Castille ; il fait le personnage d'INCONNU à la faveur de ce déguisement, & s'instruit par luimême de la conduite que tiennent les Subalternes dans l'exercice de leurs Emplois à l'égard de ses Sujets & des Etrangers. Il découvre des malversations qu'il punit, & qui le déterminent à visiter dans la suite les diverses Provinces de ses Etats. Collenutio, Blondus, Sponde, Mariana, &c.

La Scene est sur le Rivage
de Pouzzol.

PERSONNAGES ET NOMS
dés Acteurs.

ALPHONSE, Roy de Naples & d'Arragon, Prince Inconnu,
> ANTOINE-AIME'-GASPARD DU MAS DE COR-
> BEVILLE, *de Paris.*

DOM PEDRO MENDOZA, Chancelier,
> MARC-RENE' DE VOYER D'ARGENSON, *de Paris.*

DOM SANCHE DE BRACAMONT, General
d'Armée,
> JEAN BATAILLE DE FRANCE'S, *de Strasbourg.*

DOM ALVAR, Intendant du Port de Pouzzol,
> CORENTIN-JOSEPH CARCADO DE MOLAC,
> *de Bretagne.*

DOM LUDOVIC DE BUFFALOS, Gentilhomme
Campagnard,
> PIERRE-LOUIS CHARTIER, *de Meaux.*

HENRIQUEZ, Secretaire de D. Alvar,
> HENRY DE BOURDEILLE, *de Saintes.*

GUZMAN, Page d'Alphonse,
> LOUIS DANGE' DU FAY, *de Touraine.*

CARLE, pauvre Pescheur,
> JEAN-CLAUDE DOUET DE ROCHEFORT, *de Lyon.*

SOLDATS GARDESCOSTES, & ensuite,
TEMOINS,
> LOUIS - JEAN - BAPTISTE COLLET,
> *de Châlons sur Marne.*
> LOUIS EVERAT, *de la Charité sur Loire.*

OFFICIERS DU ROY, & de l'Intendant du Port,
> MARIE-LOUIS-JEAN DE PERUSSY, *de Paris.*
> JEAN-CHARLES D'ERVILLE', *de Paris.*

SCENOPHILE

OU

LE JEUNE HOMME

PASSIONNÉ POUR LES SPECTACLES,

PIECE COMIQUE,

EN VERS FRANÇOIS,

SERA REPRESENTE'E

Après la Tragicomedie du Prince Inconnu.

SUJET.

S CENOPHILE, *jeune Officier, devient si passionné pour les Spectacles pendant un Hyver qu'il passe à Paris, qu'au lieu de faire sa Cour aux Seigneurs, dont la protection pourroit contribuer à son avancement, il se livre tout entier aux Concerts & aux Theâtres. Sa manie pour les Spectacles * le porte même à se faire Poëte Dramatique. Il compose une Piece d'un goût bizare & ridicule. Son dessein est de la faire jouer sur un Theâtre, qu'il s'est fait faire pour la Campagne ; il engage quelques Amis, bons connoisseurs en ce genre, à remplir les Rôles qu'il leur distribuë. Ils s'en chargent par complaisance pour luy ; mais en même-temps ils prennent ensemble, & de concert avec son Oncle, des mesures propres à luy faire perdre l'envie de s'ériger en Auteur de Theâtre. Ils y réüssissent, & l'obligent à retourner en Flandre, où le rappelle son Pere, Commandant d'une Place Frontiere.*

La Scene est à Paris dans la Salle de Scenophile.

** Cette Piece fut joüée en Latin dans ce College, l'an 1733.*

DIRA LE PROLOGUE

JACQUES FRANCE'S BATAILLE, *de Strasbourg.*

PERSONNAGES ET NOMS
des Acteurs

DE LA PIECE COMIQUE.

SCENOPHILE, jeune Officier, passionné pour les Spectacles,
  MARIE-LOUIS-JEAN DE PERUSSY,   *de Paris.*

TIMANDRE, Oncle de Scenophile,
  CORENTIN-JOSEPH CARCADO DE MOLAC,
                                      de Bretagne.

ADRASTE, Homme de condition, Ami du Pere de Scenophile,
  JEAN-CHARLES D'ERVILLE',   *de Paris.*

ALCANDRE, Homme de Lettres, Ami d'Adraste,
  ANTOINE-AIMÉ'-GASPARD DU MAS DE COR-
    BEVILLE,   *de Paris.*

THELAME,
  LOUIS DANGE' DU FAY,   } jeunes Seigneurs,
              de Touraine. } fort liés avec
LYSIMON,   } Scenophile.
  JACQUES FRANCE'S BATAILLE,
              de Strasbourg.

LE BARON DE GLORIETTE, Cadet de Gascogne,
  JEAN-CLAUDE DOÜET DE ROCHEFORT, *de Lyon.*
FLORIDOR, Comedien de Profession,
  JEAN BATAILLE DE FRANCE'S, *de Strasbourg.*
Mr. DU COLORIS, Peintre,
  HENRY DE BOURDEILLE,   *de Saintes.*
Mr. GINGEMBRE, Traiteur,
  LOUIS EVERAT,   *de la Charité sur Loire.*
Mr. DE CASTONADE, Confiseur,
  JEAN GIRARD DE CHANAIS,   *de Paris.*

Mr. DE MOKA, Caffetier,
 Louis - Jean - Baptiste Collet,
        de Châlons fur Marne.
HOUSSARD, Valet de Scenophile,
 Marc-René' de Voyer d'Argenson, *de Paris.*
SUISSE,
 Pierre-Louis Chartier,   *de Meaux.*

TROUPE D'ACTEURS ET DE SYMPHONISTES.

ACTEURS DE LA PIECE,

Compofée par Scenophile, & intitulée:
Les trois Aveugles.

Aveugle malheureux,

BELISAIRE,
 Louis Dange' du Fay.
FILS DE BELISAIRE,
 Jacques France's Bataille.

Aveugle clairvoyant,

RICHE BOURGEOIS DU MANS,
 Jean-Charles d'Erville'.
FILS de l'Aveugle clairvoyant,
 Jacques France's Bataille.
GENDRE du même Aveugle,
 Louis Dange' du Fay.
CRISPIN, Valet dudit Aveugle,
 Marc-René' de Voyer d'Argenson.
LA FLEUR, Valet du Gendre & du Fils,
 Marie-Louis-Jean de Perussy.
SUISSE de leur Belle-Mere,
 Pierre-Louis Chartier.

Aveugle content,

TIRESIAS, Devin,
 M. Charpentier.
NARCISSE, Eleve de Tirefias,
 Louis-Auguste d'Argenson.
AMI DE NARCISSE,
 Henry de Bourdeille.

VAUDEVILLE,

Dont SCENOPHILE eſt Auteur, & qui
ſera chanté au troiſiéme Acte par
un des Aveugles.

DIEU ! quel étrange accident
Que d'avoir perdu la vûë !
Chaque pas m'offre un paſſant,
Qui me berne & qui me huë.
Parmi vous qui voyez clair,
Meſſieurs, qu'un homme a pauvre air,
 Quand il ne voit goute !
  Goute, goute, goute.

Sous le nez me regardant,
Chacun dit ſa baliverne,
Tel s'en vient me demandant
Où j'ay laiſſé ma Lanterne.
Je luy répands à mon tour,
Ton eſprit même en plein jour
 Ma foy ne voit goute,
  Goute, goute, goute.

Sans que je sçache pourquoy,
Un autre cherchant querelle,
M'interroge si chez moy
La Bibliotheque est belle.
Luy qui glose sur autruy,
Aux Livres qu'il a chez luy,
    Jamais n'a vû goute,
        Goute, goute, goute.

Mais enfin consolons-nous,
Et loüons la Providence :
Un Aveugle a des jaloux,
Peut-être plus qu'on ne pense.
En mille cas affligeans,
Heureux seroient bien des gens,
    S'ils ne voyoient goute,
        Goute, goute, goute.

Un fils sans cesse flatté
Par une idolâtre Mere,
Devient un enfant gâté
Par l'indulgence du Pere.

Dans ſes défauts les plus grands ;
Ses trop aveugles parens,
    Veulent ne voir goute,
     Goute, goute, goute.

Un Ecrivain précieux
M'offrant un jour ſon Ouvrage,
Pour turlupiner mes yeux,
Me demanda mon ſuffrage.
Comme moy plus d'un Cenſeur
Aux Ecrits de ce Gauſſeur,
    Dit qu'il ne voit goute,
     Goute, goute, goute.

Quand de certains Orateurs,
Qui de briller ſont bien-aiſes,
N'ont que fort peu d'Auditeurs
Sur un grand nombre de chaiſes :
Ah ! pour eux quelle douleur !
Auroient-ils ce crevecœur,
    S'ils ne voyoient goute,
     Goute, goute, goute.

Je me ris de tous nos Vieux,
Et de leurs nez à Lunettes :
Pour moy je n'ay (grace aux Cieux)
Ni Besicles, ni Lorgnettes :
Et quand même j'en aurois,
Tout franc & net j'avoüerois ,
  Que je n'en vois goute,
    Goute, goute, goute.

De tous les jeux de hazard
Ignorant la Piperie,
Je joüe à Colin-Maillard,
Sans péril de tricherie.
Sans qu'on m'y bande les yeux ;
En les ouvrant de mon mieux,
  Je n'y puis voir goute,
    Goute, goute, goute.

Quand je rencontre en chemin
Quelque joyeux Camarade,
Pour peu que bon soit le vin,
Avec luy j'en bois razade.

Sans voir de quelle couleur
Eſt cette aimable liqueur,
Je n'en laiſſe goute,
Goute, goute, goute.

Si je parois n'avoir pas
Les rubis qu'ont ſur la trogne
Ceux qui dans de longs repas
Lampent Champagne & Bourgogne ;
Auſſi d'un ton langoureux,
Ne crie-je point comme eux,
Helas ! j'ay la goute,
Goute, goute, goute.

Du reſte on eſt ſi pervers,
Dans le bas monde où nous ſommes,
Qu'on n'en peut voir les travers,
Sans plaindre le ſort des hommes.
A quoy ſert d'avoir des yeux,
Pour tant d'objets odieux ?
Vaut mieux ne voir goute,
Goute, goute, goute.

F I N.

PLAINTE
SUR LA PERTE DE NARCISSE
CHANGE' EN FLEUR.

Ces Couplets feront chantés au troifiéme
Acte, par un jeune Thébain
de fes amis.

CIEL! Que vois-je ? au lieu de Narciffe
Je ne trouve helas ! qu'une fleur.
Non, jamais on ne vit fupplice
Egal à celuy de mon cœur.

ECHO.

Celuy de mon cœur.

THEBAIN.

A ma plainte tout eft fenfible,
Tout en retentit dans ces bois.
Quel doux fon ? Quel Eftre invifible
Répond aux accens de ma voix ?

ECHO.

Ma voix.

THEBAIN.

C'est la Nymphe Echo qui soupire,
Et déplore son triste sort.

ECHO.

Triste sort.

THEBAIN.

Sur nos cœurs il eut un Empire,
Qui dure même après sa mort.

ECHO.

Après sa mort.

THEBAIN.

Mon ardeur pour luy fut extrême,
De sa vertu je fus charmé.
S'il s'étoit moins aimé luy-même,
Je l'aurois encore plus aimé.

ECHO.

Plus aimé.

THEBAIN.

A nos vœux la Parque l'envie,
Dans la fleur de ses plus beaux jours.
Nous l'aimâmes pendant sa vie,
Nôtre cœur l'aimera toujours.

ECHO.

Toujours.

THEBAIN.

Qu'un Autel consacre le reste
Du triste objet de nos douleurs.
Deffechons ce ruisseau funeste ;
Et qu'il tarisse avant nos pleurs.

ECHO.

Avant nos pleurs.

FIN.

www.ingramcontent.com/pod-product-compliance
Lightning Source LLC
LaVergne TN
LVHW010225060726
842527LV00007B/2624